AF106631

SOULFUL

*100 poèmes
sur l'amour, la foi et la vie*

Translated to French from the English version of Soulful

Rhodesia

Ukiyoto Publishing

Tous les droits d'édition mondiaux sont détenus par

Ukiyoto Publishing

Publié en 2024

Contenu Copyright © Rhodésie

ISBN 9789362698865

Tous droits réservés.

Aucune partie de cette publication ne peut être reproduite, transmise ou stockée dans un système de recherche documentaire, sous quelque forme que ce soit et par quelque moyen que ce soit, électronique, mécanique, photocopie, enregistrement ou autre, sans l'autorisation préalable de l'éditeur.

Les droits moraux de l'auteur ont été revendiqués.

Il s'agit d'une œuvre de fiction. Les noms, les personnages, les entreprises, les lieux, les événements, les sites et les incidents sont soit le fruit de l'imagination de l'auteur, soit utilisés de manière fictive. Toute ressemblance avec des personnes réelles, vivantes ou décédées, ou avec des événements réels est purement fortuite.

Ce livre est vendu à la condition qu'il ne soit pas prêté, revendu, loué ou diffusé de quelque manière que ce soit, à titre commercial ou autre, sans l'accord préalable de l'éditeur, sous une forme de reliure ou de couverture autre que celle dans laquelle il est publié.

www.ukiyoto.com

Contenu

NOTRE AMOUR	2
JE T'AIMERAI	3
SEULEMENT VOUS	4
MON MATIN	5
MIEL	6
FORCES	7
MON SUPER-HÉROS	8
CHAOS	9
CÉLÉBRATION	10
DOUX SEPTEMBRE	11
SURRENDU	12
AU-DELÀ DES OMBRES	13
JE VOUS FAIS CONFIANCE	14
REVÊTEMENT D'ARGENT	15
QUAND JE SERAI PARTI	16
PARDONNEZ-MOI S'IL VOUS PLAÎT	17
PROMESSEZ-MOI	18
VOUS ET MOI	19
CINDERGIRL	20
LE JARDIN	21
LE DERNIER VERSE	22
QUI ES-TU, TOI QUE J'AI AIMÉ ?	23
A DROIT OU A MAUVAIS	24
NON-RIGEE	25
CE N'EST PAS JUSTE	26
L'AMOUR ET LE DEVOIR	27
MAGIQUE	29
CROSSROADS	30

UN JOUR	31
RETROSPECTION	32
2021	33
LE NAVIRE	34
UN CŒUR LOURD	35
INCONNU	36
LE MYSTÈRE DES ROSES BLANCHES	37
DE LUI FAIRE CONFIANCE	38
DEMAIN VIENDRA-T-IL ?	39
VOTRE DEMAIN	41
LUMIÈRE DE LUNE	42
UNE PRIÈRE DES PARENTS	43
CHER FILS	44
JE ME SOUVIENDRAI DE TOI	45
DANS LA LUMIÈRE	46
VERS DES RIVAGES TRANQUILLES	47
LA TOILE D'ARAIGNÉE	48
LES EXTRÉMITÉS DE LA TERRE	49
ASCENSION DU MONT OLYMPE	51
CHAQUE JOUR	52
CHERISÉ	53
DANS CE COIN SOMBRE DE L'UNIVERS	55
SOURIRE	56
MOMENT IMPORTANT	57
LES MOTS MAGIQUES	58
MA MAISON	59
NOUS TE REMERCIONS, SEIGNEUR	60
FOI ET RAISON	61
POTIER, MON CRÉATEUR, MON AMOUR	63
QUAND UNE FLAMME MEURT	64

REPOSEZ DANS LA FOI	65
IL NE TE BRISERA JAMAIS LE CŒUR	66
RECHERCHER, FAIRE BRILLER ET PARTAGER	68
RENDEZ-MOI ICI	69
VIVRE	70
LA PERSONNE QUE J'AIME	71
SI NOUS NE NOUS EN OCCUPONS PAS	72
L'ARBRE	73
LA PAUSE	74
JE RESTE AVEC TOI	75
DÉCÉDÉ	76
ACHEVEMENT	77
TIMELESS	78
PASSÉ LOINTAIN	79
TENIR	80
LE VOID	81
LES RIDES	82
LE PETIT OISEAU	83
CLOUDS	84
PAPILLON	85
NOTRE UNIVERS	86
TU ME MANQUES	87
APART	88
FAIRE L'AMOUR	89
CONVICTION	90
ENDOMMAGÉ	91
LÂCHER PRISE	92
FIN DE SAISON	93
COMMENCEMENT	94
SPLINTER	95

MÉMOIRE	96
TESTS	97
INVISIBLE	98
POINT DE NON-RETOUR	99
AGED	100
GLOIRE DE L'AMOUR	101
CHIRON	102
ÉTRANGER	103
LA CORONA	104
LE NOUVEAU JARDIN	105
CULMINATION	106
SANS FIN	107
A propos de l'auteur	108

PRÉFACE

La poésie est un langage de l'âme. Dans le kaléidoscope des émotions et des expressions humaines, j'ai choisi de partager ma couleur et mon point de vue dans cette langue, en espérant que ce livre puisse contribuer à la richesse et à la beauté de l'expérience humaine. Si je peux toucher un cœur ou remuer une âme, je considère que ma vie est bien remplie.

Il n'y a pas d'agencement spécifique, logique ou temporel, des poèmes. Le lecteur est invité à vivre ce livre comme s'il se trouvait face à l'océan, les poèmes se succédant comme des vagues. Certains de ces poèmes ont été écrits il y a longtemps, d'autres récemment. Cependant, je ne suis pas un fervent adepte de la linéarité du temps, qu'il s'agisse du passé, du présent ou de l'avenir, tout comme je ne suis pas un adepte des noms de famille qui peuvent se définir ou changer. Je considère que c'est une gentillesse et une courtoisie que de me reconnaître par mon seul prénom.

Enfin, permettez-moi de vous dédier ce livre, cher lecteur, à ma mère, à mes enfants, à mon unique amour et à tous ceux qui croient également à la pureté et à la puissance de l'amour et de la foi.

NOTRE AMOUR

Notre amour est...
L'étoile du nord dans les nuits les plus sombres,
L'arc-en-ciel après la plus forte tempête,
Les nuages de coton sur les cieux,
La rosée qui mouille les feuilles le matin.

Notre amour est...
La voix des violons et des lyres,
Le chant des alouettes et des rossignols,
Le premier rire et le premier sourire du bébé,
La douce symphonie des anges.

Notre amour est...
Les vagues sans fin au bord de la mer,
Le socle rocheux sous la mer,
L'essence de l'eau propre,
L'intemporalité de l'éternité.

JE T'AIMERAI

Je t'aimerai patiemment,
Comme une mère avec son fils,
Je t'aimerai sans relâche,
Comme les abeilles qui produisent du miel.

Je vous adorerai en inspirant le printemps,
Savourez le sommet de l'été,
Je te tiendrai la main en automne,
Et vous serrer fort dans vos bras en hiver.

Je t'aimerai sans fin,
Comme les vagues de l'océan.
Je t'aimerai infiniment,
Comme les étoiles dans les cieux.

Je t'aimerai patiemment et inlassablement,
Au printemps, en été, en automne et en hiver,
Je t'aimerai sans fin et à l'infini,
Au-delà des vies, au-delà de toutes les possibilités.

SEULEMENT VOUS

Dans mon monde morne et stérile,

Il n'y a que vous qui ayez des fleurs épanouies,

Et remplit l'air de chansons.

Dans ma situation de blocage,

Vous êtes le seul à avoir ouvert des allées,

Et des chemins pavés vers l'éminence.

Même si mes ailes sont brisées,

Bien que j'aie les mains liées,

Bien que mes pas soient comptés...

Mon esprit réfléchit, mon cœur aspire,

Mon âme n'en cherche pas d'autre

que mon seul et unique toi.

MON MATIN

Se réveiller le matin
Avec toi dans mon cœur
est la plus douce des mélodies.

Voir le lever du soleil
Avec toi dans mon esprit
C'est comme un rêve devenu réalité.

Entendre le chant des oiseaux
Avec toi dans mon âme
est mon destin.

Même maintenant que nous
Être ensemble
Ce n'est peut-être pas encore la réalité.

MIEL

Vous êtes tome
La plus douce des mélodies,
Le parfum des fleurs,
La saveur du miel...

Un véritable cadeau de la nature -
Le miel qui a guéri mes blessures,
Le miel qui scelle mes maux,
Le miel qui ne se décompose pas.

Le miel qui me donne de la force
Se réveiller chaque jour,
Le miel qui me fait sourire
Dans sa forme pure et désintéressée.

FORCES

Lorsque deux êtres célestes

Avoir des noyaux composés de choses

Qui s'alimentent mutuellement

Et se complètent...

Quelle que soit la distance,

Quelle que soit la perturbation,

Quels que soient les obstacles,

Elles seront mises en suspens...

À ce qui a été destiné,

Même si d'autres corps célestes interviennent,

Chacun exerçant son avant-dernière force

Ne pas laisser leur syndicat suivre son cours...

Parce que cet univers n'est peut-être pas encore prêt

Pour leur union éventuelle, inévitable,

Dont l'immense essence peut former une autre galaxie Qui recréera la magie de la création.

MON SUPER-HÉROS

Ton cœur est tendre comme Superman,
Pas moins romantique que Captain America,
Pour ne pas dire riche comme Batman,
Et un brillant stratège comme Ironman.

Vos mouvements sont suaves comme ceux de Zorro,
Un champion des nécessiteux comme Robin des Bois,
Tu m'as sauvé de mille chagrins,
Tu es et tu seras toujours mon super-héros.

CHAOS

Amour, un astéroïde a atterri sur la terre,
Et le monde n'a plus jamais été le même,
Les croyances ont été ébranlées, les liens ont volé en éclats,
Des maisons ont été abandonnées, des vœux ont été rompus....

L'amour, une force, a eu un impact sur ma vie,
Et toutes les perceptions ont changé,
Les frontières ont été abolies, ce qui a entraîné des conflits,
Et des notions longtemps acceptées sont remises en question.

Qu'est-ce qui est vrai ? Qu'est-ce qui est réel ? Qu'est-ce qui est juste ?
Qu'est-ce que le temps ? Qu'est-ce que le lieu ? Qu'est-ce que la vie ?
Je ne sais plus rien
Sauf que tu es celle que j'aime vraiment.

Après toutes les destructions et restructurations,
Après tout, les maximes éphémères se dissolvent,
L'amour doit tout affiner
Pour construire sur la terre notre paradis éternel.

CÉLÉBRATION

Chaque jour, l'aube est étincelante,
Les oiseaux ne cessent de chanter,
Même le soleil sourit,
Pour un accueil matinal...

Quand deux cœurs,
Bien qu'éloignés l'un de l'autre,
Impossible de s'en séparer,
Quoi qu'il en soit...

Pas de distance, pas de servitude,
Pas de douleur, pas de chagrin d'amour,
Aucune autre force sur terre,
Peut se déchirer ou se briser...

Le lien, l'union,
L'amour, la communion,
Le lien céleste,
Cela mérite d'être célébré.

DOUX SEPTEMBRE

Un doux mois de septembre,
Les portes du ciel se sont ouvertes,
Et a créé des ponts,
Où les amoureux peuvent se rencontrer
Non grevé.

Quand les chansons d'amour
peut atteindre leur cœur,
Et non pas la loi ou l'homme,
Ou n'importe quoi d'autre sous le soleil
Peut gêner.

Quand il n'y aura jamais
Chagrin d'amour ou nostalgie,
Ou la peur ou l'inquiétude,
Parce que leur intimité
Il résiste à tout.

Ils se souviendront toujours -
Le jour où les cieux se sont ouverts
Un chemin vers l'éternité,
Quand l'amour ne faiblit jamais,
Un doux mois de septembre.

SURRENDU

J'ai été humiliée et blessée,
Maudite comme une prostituée,
Interrogé comme un criminel,
Etranglé comme un animal errant.

J'avais été espionnée et fessée,
Blâmée comme une salope,
Enquête et procès,
Chassé comme une sorcière.

J'ai été réduite au silence et étouffée,
Traitée comme une idiote,
Présumé, mal jugé,
Et étiquetés comme dérangés.

J'ai été battu et meurtri
A l'intérieur et à l'extérieur,
Mais aucune n'a fait autant mal,
Comme nous abandonnant.

AU-DELÀ DES OMBRES

Voir ton visage au lever du soleil,
Pour t'entendre chuchoter sous la pluie,
Pour sentir ton toucher dans les rayons de lune,
J'ai hâte de vous rencontrer à nouveau.

Pour chaque désir de mon cœur
Cela nous sépare encore plus,
Pour chaque désir de mon âme
Un mur s'élève entre nous.

Que je ne te regarde pas dans la journée,
Ne me laissez pas vous tenir la main et dire -
Je suis juste là, dans l'ombre,
Il n'y a que toi pour aimer et prendre soin de toi.

JE VOUS FAIS CONFIANCE

J'ai confiance en ton amour
Qui a perduré
Des éons d'attente.

J'ai confiance en ton amour
Cela a permis de protéger
Me préserver de la souffrance.

J'ai confiance en ton amour
Qui a douché
Des bénédictions surprenantes.

J'ai confiance en ton amour
Endurera, bénira et protègera
Malgré l'espace et le désir.

REVÊTEMENT D'ARGENT

Mon cœur ce soir est comme les nuages -

Sombre, lourd et sur le point d'exploser,

Mon cœur autrefois léger comme une plume,

Rose passion, et chantant avec délice.

Mes yeux ce soir sont comme les nuages -

Avec des torrents de pluie déversée,

Mes yeux qui étaient autrefois des étoiles scintillantes,

Maintenant trempé dans le chagrin, l'effroi et la douleur.

Mon âme ce soir est comme les nuages -

Après la pluie, il se perd et erre,

Mon âme qui était sûre d'elle avait trouvé

Sa pièce manquante et sa flamme jumelle.

Mon cœur, mes yeux, mon âme ce soir

S'estompent et se noient dans la douleur,

Pourtant, même si les nuages sombres obscurcissent toute la lumière,

Demain, le soleil brillera peut-être à nouveau.

QUAND JE SERAI PARTI

Quand je suis parti et que je te manque,
Fermez simplement les yeux,
Et écoutez votre cœur,
Car c'est là que je serai toujours.

Je te réchaufferai avec le soleil ;
Je te sourirai avec des arcs-en-ciel ;
Je t'embrasserai avec le rayon de lune ;
Je t'embrasserai quand le vent soufflera.

Mon esprit viendra toujours à toi
Pour vous souhaiter une bonne matinée,
Mon âme te facilitera la tâche
La lassitude le soir.

Mon visage sera gravé sur des roses,
Mes larmes dans la pluie qui tombe,
Ma paix dans les poissons d'or,
Mon rire en jouant avec les enfants.

Je jure de ne jamais te quitter
Dans la joie et la peine, dans la vigueur et la douleur,
Mon esprit restera à tes côtés
Dans la lumière et l'obscurité, au soleil et sous la pluie.

PARDONNEZ-MOI S'IL VOUS PLAÎT

Pardonnez-moi
Quand je semble me cacher
Traces de notre histoire
En cas de menace.

Pardonnez-moi
Si nous ne pouvons pas être
Toujours ensemble,
Réconforter et soigner.

Pardonnez-moi
Si j'ai été inflexible
A mes idéaux malgré
Découragement.

Pardonnez-moi
Si je reste volontairement
Fidèle à mon cœur
Face à l'adversité.

Pardonnez-moi
Si je m'accroche
À cette dévotion
Contrairement à la société.

PROMESSEZ-MOI

Promettez-moi -
Vous vous en sortirez,
Fort et sain,
Exempt de toute maladie.

Promettez-moi -
Vous serez en sécurité,
Sûre et solide,
Libéré de l'ennemi.

Promettez-moi -
Vous en serez ravis,
Joyeux et béni,
Libéré de la misère.

Promettez-moi -
Vous serez en bonne santé, en sécurité et heureux,
Vivre sa vie au mieux,
Heureux et insouciant.

VOUS ET MOI

Vous et moi sommes

La glace et le feu,

La lune et le soleil,

Raison et passion.

Vous et moi sommes

Nord et sud,

Seigneur et serviteur,

Le ciel et la terre.

Vous et moi sommes

Noir et blanc,

C'est le jour et la nuit,

A gauche et à droite.

Vous et moi sommes

Yang andyin,

Musique et paroles,

L'eau et le soleil.

Vous et moi sommes

Ce n'est pas la même chose,

Et bien qu'à part,

Sont des moitiés vitales d'une seule.

CINDERGIRL

Au moment de la vérité,
Quand le prince se retrouve face à face
Avec la princesse qui a conquis son cœur...

Il retrouve son carrosse d'or,
Le valet de pied, les chevaux, le carrosse et la robe de bal,
N'étaient que des illusions momentanées...

Que la femme qu'il adorait
N'est pas de sang royal ni d'origine noble,
Ni vêtu de splendeur et de glamour...

Que la femme qu'il aimait
A les pieds et les mains sales,
En lambeaux, soumis, blessés.

Au moment de la vérité,
Le prince la regardera-t-il dans les yeux
De la même façon, et l'aimer à nouveau ?

LE JARDIN

Te connaître a été
Une promenade dans le jardin -
D'une beauté à couper le souffle,
Mais douloureusement éphémère.

Là où les fleurs semblent s'épanouir
Sans fin et à l'infini,
Et les cœurs chantent des chansons silencieuses
Cet écho à l'éternité.

Où les oiseaux en cage peuvent librement
Prenez soin l'un de l'autre avec dévouement,
Et les poissons d'or peuvent se rassembler
Ensemble sans contrainte.

Où les obstacles peuvent être franchis
Par des ponts magnifiques,
Et les arcs-en-ciel semblent durer
Au milieu de couchers de soleil spectaculaires.
Chemins et ponts du passé,
Les fleurs et les cages sont passées,
Les arcs-en-ciel et les couchers de soleil du passé,
Toutes les promenades, comme les rêves, s'arrêtent.

LE DERNIER VERSE

Lorsque le rêve est terminé,
Je me réveille à la réalité -
Que je ne suis pas un créateur,
Ou un moteur, ou un chef de file,
Mais une simple propriété.

Cela élargit mon esprit,
Ou d'aiguiser mon cœur,
Ou de trouver des amis,
Est moins pertinent
que de servir mon maître.

Pardonnez-moi si je dois
Maintenir la paix,
Éteignez ma lumière,
Garder le silence
Et suivez.

QUI ES-TU, TOI QUE J'AI AIMÉ ?

Qui es-tu, toi que j'ai aimé ?

Tu es le vent que mes ailes peuvent sentir, mais que je ne peux pas toucher, Tu es le soleil avec lequel je vois, mais que je ne peux pas regarder.

Dans les battements de mon cœur retentit ta voix que je n'ai jamais entendue,

Je ne parle que dans mes prières et je demande à Dieu de s'occuper de vous. Je t'ai vu dans mes rêves - une silhouette,

Un néant qui remplit le vide de mon cœur,

Qu'aucun beau visage ni aucune langue flirteuse n'a jamais étanchée.

J'ai résolu de t'attendre dans la pureté et l'innocence, même maintenant sans promesse, ni aveu, ni contrat. Je t'ai imaginé à chaque instant -

Dans la joie et la douleur, dans le calme et l'agitation, dans la vie et la mort... La seule personne que j'ai jamais aimée, qui es-tu ?

A DROIT OU A MAUVAIS

Qu'est-ce que le péché ?

Qu'est-ce qui ne l'est pas ?

Qu'est-ce qui est bon ?

Qu'est-ce qui est mauvais ?

Qu'est-ce qui ne va pas ?

Qu'est-ce qui est juste ?

Qu'est-ce que la vérité ?

Qu'est-ce que le mensonge ?

Si j'accomplis mon devoir

C'est ce qui est juste,

Alors pourquoi chaque cellule de mon corps

Crier pour se battre ?

Si aimer quelqu'un

est moralement répréhensible,

Alors pourquoi toutes les cellules de mon corps sont-elles

Chanter une chanson ?

Quel est le meilleur guide

Pour faire ce qui est juste ?

Est-ce la loi ?

Ou est-ce de l'amour ?

NON-RIGEE

C'était un cheval sauvage à l'esprit fort,
Ils l'ont bridé pour le "garder en sécurité".
Plus il se libérait, plus l'étau se resserrait...

J'ai essayé de l'apprivoiser par la patience et la compassion, de m'accorder à ses émotions, de laisser son esprit vagabonder,
Mais ils ne m'ont pas laissé faire....

Hélas, dans une lutte acharnée des volontés,
Son esprit a triomphé et s'est libéré
De la coquille vide de son corps étouffé, bridé.

Ils ont tous deux gagné -
Ils avaient son corps,
Et il avait son esprit.

CE N'EST PAS JUSTE

Ce n'est pas juste
Penser à toi jour et nuit
Rêver de ton sourire
Pour regarder dans tes yeux
Et sentez votre âme.

Ce n'est pas juste
Pour vous souhaiter joie et bonheur
Pour vous faire sourire
Pour faire briller vos yeux
Et le feu à votre âme.

Ce n'est pas juste
Accepter ton amour et ta protection
Pour toujours faire sourire mon cœur
Pour sécher les larmes de mes yeux
Et libère mon âme asservie.

L'AMOUR ET LE DEVOIR

Il était une fois une dame

Qui se sont mariés par devoir,

Sa vie a été normale,

Rien de magique,

Rien de tragique.

Elle a trouvé la passion

Dans sa profession,

Sa vie a été exceptionnelle,

Son travail historique,

Ses rôles sont singuliers.

Jusqu'à ce que le grand amour arrive,

Et rien n'est plus pareil,

Sa vie est devenue magique,

Ses journées sont exceptionnelles,

Ses moments sont spectaculaires.

Jusqu'à ce que le devoir l'exige

Ce que la société a dicté,

Sa vie est devenue tragique,

Ses moments sont ternes et sans intérêt,

Emprisonné dans un vœu sacré.

Le véritable amour peut-il libérer ?
C'est peut-être déjà le cas,
Son cœur n'est plus confiné,
Ni son esprit emprisonné,
Elle a appris...

Espérer,
Endurer,
Persévérer,
Contre toute attente,
Au-delà de la distance et du temps.

MAGIQUE

J'avais l'habitude de penser que la magie
Vient comme un éclair
Défilé sous les coups de tonnerre,
Ou un imposant soleil de midi
Cela exige de se rendre.

Ainsi, lorsque le ciel a décidé de verser
Ton amour comme une douceur,
J'étais perdue dans la recherche des tempêtes,
Pour un cœur palpitant lointain
Impuissants, ils ont été conquis...

Seulement pour trouver la magie de votre amour,
Comme le chant chuchoté de l'arc-en-ciel,
Ou les rayons silencieux de l'aube.
Seulement pour apprendre que la passion la plus vraie
Nourrit comme la rosée du matin.

L'amour n'est pas la guerre, mais la paix,
Il ne s'agit pas non plus de folie ou de perte d'esprit.
Elle peut commencer comme une graine et se développer
Mais lentement et douloureusement,
A un chêne fort, géant et fiable.

CROSSROADS

Je me tiens maintenant devant cette immensité,

Ne pas savoir où aller,

Comme si chaque tournant était un labyrinthe sans issue,

Pourtant, s'arrêter, c'est arrêter le temps,

Il s'agit d'arrêter les battements du cœur,

Et revenir en arrière est une défaite.

Dois-je choisir entre aimer,

Et être aimé ?

Quand aimer, c'est faire face

Des flèches qui transpercent le cœur,

Mais être aimé, c'est aussi faire des châteaux de glace,

Cela emprisonnera mes passions.

UN JOUR

Un jour, nous marcherons
Pieds nus et déchirés
Passé les buissons d'épines et les zones d'ombre...

Sachant qu'au-delà des nuages sombres
Et les pluies diluviennes, il y a un lieu de guérison où les arcs-en-ciel ne finissent jamais.

Comme un insigne indélébile dans le ciel,
Comme dans nos cœurs - une promesse d'amour,
De la vie, du retour à la maison et de la délivrance.

Aujourd'hui, la terre promise semble
Juste un rêve, un jour, ces terres d'ombre
Ce ne sera qu'un cauchemar.

RETROSPECTION

À un moment ou à un autre de mon parcours, je regarderai en arrière,

Et je réfléchis au chemin que j'ai parcouru...

Je me contenterai peut-être de rire de mes larmes,

Et me donner une tape sur l'épaule pour avoir pansé mes propres blessures, tout en escaladant des montagnes froides dans un air raréfié.

Pourtant, mon cœur se gonflera de fierté,

Que la seule ponctuation de mes semaines

A été l'assemblée des élus -

Ils s'épanouissent dans des chants zélés et une adoration sincère, dans une foi inébranlable et une charité durable.

Si je demande à mes années où elles sont allées, elles répondront : "Nous sommes allés vers ton Dieu, vers lequel tu nous as envoyés...".

Ce n'est qu'à ce moment-là que je peux regarder vers l'avenir,

Faire les derniers pas de mon séjour.

2021

Une année d'amour et de perte,
De désespoir et de réparation,
De la fin et du recommencement.

Il a dû être
La retraite de l'hiver et de l'automne
Pour ouvrir la voie au printemps.

Cela a été difficile,
C'est très agréable,
Et puis, tranquille.

Cela a été fatigant,
Il a été testé,
Mais il ne s'est jamais rendu.

C'est une année qui mérite d'être soulignée -
Comme vivant, vibrant et silencieux,
Comme la musique des battements de cœur.

LE NAVIRE

Il s'agissait d'un navire assez simple
Dans la garde d'un guérisseur.
Il contenait une potion puissante
Qui a mis les nerfs en ébullition et enflammé
Encore des cœurs après avoir frôlé la mort.

Le navire est devenu célèbre,
A été enlevé par des trafiquants,
Et employée à de mauvaises ruses.
Sa potion est devenue un poison
Au mépris de tous.

Le vaisseau se languit du guérisseur
Et s'est rendu compte de son inutilité -
Il s'agissait du même navire,
Dans le même esprit,
Seulement entre les mains d'un autre maître.

UN CŒUR LOURD

La scène a tremblé sous les applaudissements,
Noyés dans un projecteur aveuglant
Cela ne semble jamais cesser...

En descendant de l'escalier,
Les sourires se sont multipliés,
Tremblement des genoux, tremblement des mains.

Au milieu de la grandeur et de la gloire,
C'était le cœur le plus lourd,
Cela m'a fait réfléchir sur sa gravité.

Pourquoi le cœur ne s'est-il pas réjoui ?
Qu'est-ce qui s'est passé à l'intérieur ? Personne
Ne savait rien, pas même le porteur de cœur.

INCONNU

Peut-être que tous les anges

Connaître son nom,

J'ai si passionnément

Chuchoté

Dans ma

Prières solennelles.

C'est assez pour moi

Que vous êtes en sécurité,

Pris en charge,

Aimé,

Enveloppé dans l'esprit de quelqu'un

Chaleur et baisers.

LE MYSTÈRE DES ROSES BLANCHES

La rose blanche a un certain charme,

Quelque chose qui n'est pas seulement juste et pur,

Mais clair comme de l'eau de roche et mystique,

Cela restera toujours dans mon imagination.

En effet, ce moment m'a béni,

Une promenade sur un chemin parsemé de roses blanches,

Comme ils sont élégants, dansant avec leurs escortes verdoyantes,

Le vent joue une valse silencieuse,

Dans une chambre aux rideaux de lavande.

Mais je ne veux pas les voir simplement,

C'est ainsi que mes faibles doigts se sont posés sur un corps costumé,

Seulement pour dévoiler le mystère -

D'une rose blanche teintée de rouge,

Peu enclins à danser sous une pluie battante Les rideaux se ferment.

DE LUI FAIRE CONFIANCE

Souvent, je suis perdue

Et empêtrés dans une toile

Du désarroi et de la confusion...

Et j'ai juste envie de fuir

Vers une terre aride pour sécher

Les larmes qui coulent à l'intérieur...

Mais mon cœur est trop lourd,

Et mes ailes trop fatiguées

Pour échapper à la peur...

Je reste donc et je prie.

D'un seul coup, les rayons du jour

Venez briller de mille feux...

Pour que ma vue ne soit pas troublée par des larmes,

Et faire fondre mes peurs,

Parce que cette toile dans laquelle je suis empêtrée...

Il est trop tôt pour le révéler,

N'est qu'une robe éblouissante

De faire honte à mes forces, de me confier à lui.

DEMAIN VIENDRA-T-IL ?

Dans la douleur écrasante, les sherallies espèrent,

À l'intérieur de son cerveau, la tumeur se développe,

La beauté qui lui a été donnée jadis

Est maintenant gêné par une démarche d'ivrogne,

Visage semi-rigide et vision trouble.

La vie qu'elle porte dans son ventre

Elle a fleuri, mais l'horreur menace.

Que chaque moment, chaque battement de cœur,

Chaque souffle est peut-être le dernier -

"Demain viendra-t-il ?" demandent-ils.

Avec tout le courage dont elle est capable,

Elle a préparé ses trois autres enfants en bas âge

de son départ imminent,

Pourtant, dans son cœur, elle prie,

Pour eux, il s'agit de rester quelques années de plus.

Dans toutes ses souffrances, elle réalise,

Qu'il y a un Dieu qui écoute,

Il y a un Dieu qui guérit,

Un Dieu qui essuie toutes les larmes -

Un Dieu aux lendemains infinis.

Elle s'assoit maintenant et sourit,
À ses trois enfants en bas âge et à son nouveau-né,
Après avoir survécu à son opération du cerveau.
Elle est deux fois plus belle maintenant,
Rayonnant de vie, d'espoir et de foi

VOTRE DEMAIN

J'espère que tous vos lendemains
Sera remplie de
Soleil et arc-en-ciel.

J'espère que tous vos lendemains
Seront dispersés avec
Fleurs et amis.

J'espère que tous vos lendemains
Sera situé
Solide comme un roc et invincible.

J'espère que tous vos lendemains
Résonnera
Avec amour et rire.

Si c'est pour la paix et la bonté,
Il se peut que je ne sois pas là,
Aujourd'hui, je célébrerai vos lendemains.

LUMIÈRE DE LUNE

Ce soir, mon amour,
Je me prélasse au clair de lune ;
Elle n'en est pas moins fascinée,
que lorsque je vois ton visage.

Comme les phases de la lune,
Dans toute sa beauté séduisante ;
Pas moins époustouflant,
que notre histoire d'amour.

Parfois, il se cache,
Parfois, il sourit,
Il n'en est pas moins enchanteur,
que lorsqu'elle glorifie.

Ce soir, mon amour,
Je savourerai le clair de lune ;
Avant que notre éclat ne s'éteigne
En plein jour.

UNE PRIÈRE DES PARENTS

A toi, ô Dieu, nous offrons
Le premier-né - la merveille de la vie
Que tu as béni et confié
Nous, parents, pour perpétuer
Dans le continuum de l'éternité.

Guidez-la dans le labyrinthe.
Des passions et des aspirations humaines,
Pour qu'elle ne s'égare pas
Du plan parfait.
Vous l'avez ordonnée
Avant même qu'elle ne soit conçue.

Veuillez mouler ses mains dans la diligence,
Que son cœur soit forgé dans une force tranquille,
La pureté, l'humilité et la servitude,
Dans son esprit, vos lois se sont imprimées,
qui sont le fondement de la sagesse.

Hélas, ô Dieu, sois sa forteresse, s'il te plaît
Et son sanctuaire dans un monde
En cours de putréfaction,
Qu'elle soit peut-être un parfum devant Toi,
Tous les jours de sa vie consacrée.

CHER FILS

En regardant tes yeux pétillants,

Je ne peux m'empêcher d'être fasciné,

Combien d'immenses potentiels sont en sommeil ?

Dans cette petite flamme enthousiaste de votre âme -

Je te vois tenir la terre dans la paume de ta main, je te vois enflammer le monde avec tes mots,

Je vous vois jeter des ponts entre les lignes temporelles, ouvrir des trous de ver, je vous vois discerner les lois universelles encore inconnues.

Je chéris ce moment, mon fils, avec ta petite main qui tient la mienne, et je m'en souviens avec tendresse -

Comment ce petit avant-bras a bloqué un coup destiné à maman, et a frappé une bête brute deux fois plus grosse que toi,

Comment ce petit bras a entouré mon épaule frissonnante,

J'ai détendu mes nerfs, dégelé mon cœur,

Comme ces petites lèvres ont donné mille baisers,

Pour faire fondre ma lassitude et briser mes défenses.

Je souhaite que vous rentriez chez vous chaque jour comblé,

Avec un sourire accueillant et pétillant comme le vôtre,

Avec des bras chauds et des baisers qui vous enveloppent avec impatience, avec des fils et des filles que vous devez élever.

Ce que vous avez toujours fait, et après tous les rires, Vous succombez tous à la nuit dans un sommeil paisible.

J'espère qu'un jour quelqu'un continuera à t'embrasser pour te souhaiter bonne nuit.

Pour le reste de ta vie douce, sereine et spectaculaire.

JE ME SOUVIENDRAI DE TOI

Je me souviendrai de toi -

A l'aube de ma vie, alors que Tu nourris

Tu me donnes la connaissance et la force nécessaires pour atteindre mon sommet, Tu diriges mon chemin loin de l'agitation et de l'agitation.

Poursuites inutiles de l'arrogance humaine.

Je me souviendrai de toi -

Dans les profondeurs du désespoir et de la solitude,

Après d'éphémères moments de réussite,

Dans les hauteurs de la sagesse et du discernement,

Quand la douleur a guéri et que le labeur a pris fin.

Je me souviendrai de toi -

Alors que je descends l'allée pour prononcer mes vœux,

Dans une union qui fera revivre la magie de la création. Je t'offrirai les premiers fruits de ma vigne, Et je te laisserai le meilleur de mes récoltes.

Je me souviendrai de toi -

Jusqu'à ce que tu sois le seul dont je me souvienne,

Quand même ma mémoire de l'espace et du temps s'est évanouie, Jusqu'à ce que l'ombre de la mort vole le dernier de mes souffles,

Jusqu'à ce qu'on ne se souvienne plus de moi...

Je me souviendrai de Toi, mon Seigneur.

DANS LA LUMIÈRE

Ô âme fatiguée

Dans l'angoisse,

Tâtonnement et désir

Pour un rayon de lumière,

Les yeux bandés par le péché,

Trahis à l'échafaud

Parmi les personnes condamnées

Jusqu'à la mort.

Répondez à notre appel,

Les brebis égarées de la bergerie !

Nos mains se tendent

Comme on nous l'a déjà demandé.

Ouvrez les yeux

Dans la lumière

Là où Dieu attend

Pour vous donner la vie.

VERS DES RIVAGES TRANQUILLES

Au milieu d'un océan de désespoir,
Je ne sais pas où aller.
Si je me bats, les vagues me tireront
Jusqu'aux profondeurs turbulentes.
Même en battant des bras de toutes mes forces,
Toutes mes forces seront épuisées, futiles,
Andyet Je suis prisonnier d'une énormité
Cela me dépasse largement,
Au-delà de ma sagesse, au-delà de ma force,
Mais pas ma foi.

Alors je ferme les yeux et je repose ma tête
Contre les eaux en colère,
Bien que les vagues rugissantes mordent dans ma chair,
Je ferme les yeux encore plus fort,
Et se reposer un peu plus dans l'océan du désespoir,
Savoir que j'ai un maître,
Lui seul est au-delà de toute cette énormité,
Qui me portera vers des courants plus calmes,
Au-delà des profondeurs, au-delà des turbulences,
Vers des rivages tranquilles.

LA TOILE D'ARAIGNÉE

La grande fileuse
S'étonne, comme un dieu
du septième jour,
Les muses de cette tour d'ivoire,
Se tapoter en silence
Pour aweb bien fait,
Tout en poursuivant secrètement
Une proie pour un festin.

C'est presque un triomphe
Jubilation, car les plus doux sont
Les fruits de son travail, mais pas
Pour les bruits de pas précipités.
Une autre fileuse se met au travail,
Espèces différentes, formes différentes,
La même toile fragile,
Même sort.

LES EXTRÉMITÉS DE LA TERRE

C'est le crépuscule,
Il ne reste plus que quelques secondes
Avant un éclat de lumière
Disperse cette dense obscurité.

Pourtant, la terreur habite la Terre,
Elle gémit, la lave sortant de sa bouche.
Ses mers s'agitent, ses terres tremblent,
Son sang est nocif, elle halète.

L'homme qu'elle berce en son sein
Est également désespérée,
Il est en proie à des maladies inconnues.
Dans la faim, il se détériore.

Il construit des États-nations dans l'espoir de les unir,
Elle ne fait qu'accentuer les divisions,
Des terres et des idéologies pour lesquelles il se battra au prix de la vie de son frère.

Il en savoure encore les fruits amers,
C'est ce qui s'est passé lors de sa précédente retraite paradisiaque,
En formant des demi-mondes d'explosions aléatoires,
Des machines pensantes, des singes en évolution et des dieux impuissants.

Dans tout cela, il y a de la grandeur et de la sagesse subjectives,
L'homme a décidé de mettre fin à sa propre vie,
Exister comme une bête brute et se noyer
Dans de brefs moments d'hallucination.

La Terre, elle gémit ; et l'Homme, il crie ;
Les deux souffrent en effet,
Mais le cœur qui peut les guérir
Est froid et manque de volonté.

Le lever du jour est proche,
Mais la plus grande terreur est encore à venir,
Lorsque tous ceux qui ont le pouvoir de juger
La décision sera prise en fonction de la situation.

Quand tous ceux qui ont choisi la bonne voie,
Seront choisis pour marcher dans la lumière,
Et tous ceux qui ont tenu jusqu'au bout
Héritera d'une terre promise.

ASCENSION DU MONT OLYMPE

Je suis ici pour labourer le sol
Du mont Olympe, près de
Arbres ombragés et berges de rivières,
Près des tourtereaux encore
Apprendre à se connaître.

Je suis là à regarder la multitude
Des hommes s'efforçant d'être des dieux, rampant
Sur des pentes raides et glissantes,
Sur le dos les uns des autres, comme des crabes
Dans un panier de vieille fille.

Je suis ici parce que rien n'est
Là-haut, il n'y a qu'un vide éternel et étouffant
Des montagnes mornes et arides représentées graphiquement
Contre les livres d'histoire, encore à descendre
C'est de s'éteindre aussi discrètement que...

Je suis ici.

CHAQUE JOUR

Chaque jour est un cadeau -

Nous devons déballer,

Pièce par pièce,

Couche par couche,

À chaque seconde.

Chaque jour est comme une page -

Nous devrions écrire,

Comme le veut le destin,

Scène par scène,

L'histoire de nos vies.

Chaque jour est un cadeau -

Nous devons donner,

Pour énoncer notre essence,

Servir l'objectif

De notre existence terrestre.

CHERISÉ

"Vous êtes précieux à mes yeux, et

Honoré, et je t'aime."

Tu avais l'habitude de me dire que j'étais chérie

Comme la prunelle de vos yeux,

Même les mèches de mes cheveux sont comptées.

J'ai donc traversé la vie sans crainte, comme si toutes les flammes de l'univers étaient les mêmes.

Comme le foyer chaleureux de la maison.

Ne connaissant pas la tromperie, je croyais tout,

Et tout, je le crois, est bon.

Jusqu'à ce qu'une chaleur torride me fasse fondre comme

Cire à genoux devant un tyran sourd.

Une douleur lancinante, voilà ce que l'on ressentait.

Pendant un certain temps,

Je me suis dit : "Tu es Dieu, et je suis un homme".

Que suis-je pour que tu fasses attention à moi ?"

Je n'ai jamais pensé que lorsque mon âme s'est enflammée, c'est dans tes bras que je me suis enflammé,

Comme un bébé baigné par sa mère,

Ainsi, je devrais fondre comme de la cire,

Je serai modelé à ton image.

Peut-être un siècle plus sage et plus fort,

Je crois d'autant plus que même
Les mèches de mes cheveux sont comptées.
D'autant plus que je demande : " Tu es Dieu, je suis amman,
Que suis-je pour que tu te soucies de moi ?"

DANS CE COIN SOMBRE DE L'UNIVERS

Dans ce coin sombre de l'univers,

Je dessine mes châteaux,

Et chanter selon le désir de mon cœur.

Quand personne, pas même moi,

Peut supporter mes douleurs,

Et tous les hommes sont trop endoloris

Pour souffrir un peu plus,

Puis ce coin sombre,

Et ce doux silence,

Et un peu de foi,

Nous ferons un château et une chanson,

Pour guérir les afflictions

Dans mon âme.

SOURIRE

Sourire. Rire. L'espoir. L'amour.
Grimper. Exécutez. Volez !

Tenir. La confiance. L'espoir. Touchez.
Cligner des yeux. Pause. Soupir.

Demandez. Marcher ? Cachez. Marcher ?
Support. Marcher ? Essayez.

L'amour. Pleurer. L'espoir. Pleurer.
Repos. Priez. Souriez !

MOMENT IMPORTANT

Fermez les yeux pour voir votre âme,
Restez silencieux et laissez parler votre cœur,
Écoutez une chanson que vous n'avez jamais entendue auparavant,
En succombant à la puissance de son esprit.

Faites l'expérience de l'éternité en un instant,
Savourez cette parcelle de paradis,
Qu'il soit votre seul armement,
Laissez-le dissiper le brouillard de vos yeux.

Il t'attend, création chérie, depuis que le monde a besoin d'eau et de lumière,
Revenez à Lui et reconstruisez l'union,
Louez-le de toute votre âme, de tout votre cœur et de toutes vos forces.

Ne laissez pas ce souvenir quitter votre mémoire,
Vous avez fait l'expérience de la plus grande sagesse,
Vous avez accompli le seul devoir de l'homme.
Ouvrez les yeux, levez-vous et affrontez à nouveau le monde.

LES MOTS MAGIQUES

Bien avant la chute de la tour de Babel,

L'homme avait continué à réparer les

Un langage qui pourrait ouvrir la voie au paradis,

Et pourtant, les mots magiques n'ont pas été prononcés

Parce que la connaissance avait rempli le cœur des hommes...

Jusqu'à la folie. Pauvres créatures, tombées

Des anges, dont les ailes et les espoirs ont été brisés, qui aspirent désespérément à un morceau de paradis.

Si seulement ils pouvaient entendre le non-dit

Des mots profondément ancrés dans le cœur des hommes.

Bien avant la chute du jardin d'Eden

Pour la sagesse, lorsque la première loi a été violée.

Pourtant, le chemin du retour vers le paradis

avait été posée à dessein sur des mots qu'il valait mieux ne pas prononcer - Le mantra magique qui fusionnera les cœurs des hommes.

MA MAISON

J'aime votre maison, mon Seigneur,

C'est ma maison.

Dans le silence de sa maison, on entend des carillons chatoyants,

Dans sa tranquillité, il y a la fête des âmes et des anges,

Dans son enceinte, il est possible de se libérer de la culpabilité et de la douleur,

Dans son apparente vulnérabilité, il y a de la force et de l'énergie.

la sécurité,

C'est dans la simplicité de sa vérité que réside la sagesse la plus profonde,

Ici, je ferme les yeux et je vois la lumière la plus brillante que j'ai jamais vue.

connu,

Je voudrais vivre dans cette lumière, mon Seigneur,

Et rester avec toi dans ta maison pour toujours

NOUS TE REMERCIONS, SEIGNEUR

Nous te remercions, Seigneur, de toutes nos forces

Que même si la situation du monde est en train de s'aggraver

La nuit s'abat sur l'humanité,

Tu as envoyé tes étoiles pour nous éclairer,

Tu as envoyé tes guides pour montrer le droit

Le chemin le moins fréquenté vers la vie éternelle.

Nous te remercions de tout cœur, Seigneur,

Nous louons ton nom de toute notre âme,

Tu nous rassembles pour former un seul troupeau,

Des confins de la terre, tu nous as ramenés à la maison.

Tu as lavé nos péchés d'une blancheur éblouissante,

Tu as béni nos vies, tu as appelé les tiens.

FOI ET RAISON

J'avais l'habitude de grimper sur notre toit,
Observez une étoile filante,
Souhaiter et s'assoupir joyeusement,
Jusqu'à ce qu'on me demande de le prouver,
Si Dieu existe, où est-il ?

J'ai cherché dans mon cœur, dans les hauteurs, dans les profondeurs,
Là où les mystères sont trop ordonnés pour être le fruit du hasard,
Et la vie est trop vaste et trop parfaite pour évoluer,
Ils témoignent clairement d'un Créateur génial,
Qui est tout simplement partout.

Pourtant, les hommes sont si sages à leurs yeux,
Ne croire que ce que l'on voit, et
Au-delà de tout doute raisonnable, prouvé
Par leurs propres esprits fragiles dont le pouvoir
Il vacille si facilement.

Tandis que d'autres, pour trop de foi,
La raison négligée, maintenant trompée et asservie,
Mais il s'accroche toujours, fermement et catégoriquement
Aux doctrines qui se moquent de leur logique
Face à face.

Désormais libéré de la raison et de la tromperie,

Bénis par la foi en la vérité,

Je grimpe encore sur notre toit,

Observez les étoiles filantes,

Prier et s'assoupir tranquillement.

POTIER, MON CRÉATEUR, MON AMOUR

Tes mains nues m'ont formé à partir de la poussière,

Réchauffé par un souffle de vie et de conscience,

Te connaître, toi le Potier qui m'a façonné en quelque chose et en quelqu'un.

Une fois perdue dans un monde où la sagesse vacillante guide un labyrinthe de richesse et de pouvoir,

Tu m'as élevé dans le soleil levant que tu as choisi, tu as fait de moi un rayon brillant de vérité.

J'étais une poussière, mes jours étaient comptés,

Et tu m'as arraché à la mort,

Nourrir, enflammer, aimer,

Pour être ton bien-aimé.

Mon Potier, Mon Créateur, Mon Amour,

Je t'offre ma force, mon âme, moi-même,

Aussi humble que je sois, je te sers,

transcendera les limites de la vie.

QUAND UNE FLAMME MEURT

Le vent froid de décembre

Vole la dernière flamme de ma lampe.

A l'aveugle, j'ai griffonné, empruntant

Rayonnement d'une demi-lune réticente,

Quand autrefois le croissant, bercé

Des amoureux dans ses bras,

Sourire doux à la veille de l'été.

Souriant doucement dans le vent froid de décembre, se souvenant de la sensation d'être bercé

Dans tes bras, quand notre flamme

Il ne pouvait que faire honte aux étoiles enflammées,

Jusqu'au vent froid de décembre

Vole la dernière étincelle de ton amour,

A l'aveugle, j'ai tracé les cicatrices

Vos braises gravées

Dans mon cœur brûlé et glacé.

REPOSEZ DANS LA FOI

Repose-toi, cher cœur, repose-toi dans le lit de l'innocence.

Qu'il n'y ait ni murmure, ni chanson,

Ou encore la sagesse et la compatibilité,

Ou bien un visage angélique et son bouquet de promesses vous réveillent de votre paisible sommeil.

Chut, cher cœur, le monde est bruyant, il est peut-être trop désireux d'écraser ta carapace,

Pour voir quel joyau se trouve à l'intérieur. Mais ne vous laissez pas perturber,

L'or doit résister à l'épreuve du feu,

Et les diamants restent indemnes.

Sois tranquille, cher cœur, sois pur, sois intact,

N'ayez pas peur, car les montagnes sont une trop grande garde. Vous ne devez pas non plus haïr le temps, il est votre serviteur,

Comme les marées de la mer, elle balaie doucement les empreintes de ceux qui tentent d'envahir.

Dormez en paix, cher cœur, et plus tôt que vous ne l'espérez,

Ton Père te bénira avec quelqu'un

Dont les bras ont longtemps attendu votre chaleur.

Il sera votre garde, votre armée et votre château, votre force pour le reste de vos moments de bonheur et d'éveil ; mais pour l'instant, cher cœur, repose-toi dans la foi.

IL NE TE BRISERA JAMAIS LE CŒUR

Si vous cherchez le grand amour,

C'est toujours frais et nouveau,

Alors ne cherchez plus, regardez simplement au-dessus,

Le Seigneur vous attend avec impatience.

Si tu as mal et si tu es blessé,

Pour un amour déchiré,

Alors tournez-vous vers Dieu, il ne vous abandonnera jamais,

Il ne te brisera jamais le cœur.

S'il vous manque, il n'est pas absent

Au-delà des cieux étoilés,

Même si son amour semble divisé,

Plus il se multiplie.

Aimez le Seigneur de tout votre être,

Offrez-lui votre vie,

Contre vents et marées, faites-lui confiance,

Il ne te brisera jamais le cœur.

Puis, au moment opportun, il trouvera

La personne que vous recherchiez,

Dans la joie et la paix, non pas deux mais un,

Vous l'aimerez d'autant plus.

Même si votre vie risque de s'arrêter trop tôt,
L'amour de Dieu ne se séparera jamais de
Vos enfants et petits-enfants,
Il ne te brisera jamais le cœur.

RECHERCHER, FAIRE BRILLER ET PARTAGER

Recherche de la vérité, recherche de la sagesse, recherche de l'amour, et pour couronner le tout, recherche de la volonté de Dieu,

N'ayez jamais l'esprit tranquille,

Jusqu'à ce qu'ils soient à vous pour de bon,

Ce sont les plus grands trésors que vous puissiez avoir.

Une fois que vous avez la vérité, la foi et l'amour dans votre cœur, laissez-les vous guider et éclairer votre chemin,

Même en cas de suppression,

Même lorsqu'elle est réprimée,

Tenez-les et ne les séparez jamais.

Votre éclat ne pourra alors jamais être caché,

Conduire les autres à suivre le chemin que vous avez emprunté,

En partageant votre lumière,

Il se multiplie,

Tu brilleras comme l'éclat des cieux.

RENDEZ-MOI ICI

Loin de la foule d'adeptes,

Là où leurs cris et leurs malédictions deviennent lointains, assourdis et transformés en chansons d'amour apaisantes.

Là où les chaînes sont brisées

Et les prisonniers libérés, où les peines

Et les contrats sont décachetés, comme des oiseaux sauvés.

Envolons-nous vers ce lieu secret

Là où les roses fleurissent, les étoiles brillent,

Et le parfum de la lavande emplit l'air.

Là où la terreur et l'effroi

Peut-être fondu dans l'emballage

Dans des mains chaudes, des étreintes torrides et des baisers passionnés.

Là où le doute et la confusion

Peut-être nettoyée avec la libération,

Que seul le mélange d'âmes jumelles connaît.

Là où l'amour ne peut être réduit au silence,

Où chaque seconde est une éternité,

Mais l'éternité est trop courte.

Là où il n'y a ni espace ni temps,

Seul un bonheur insondable, des arcs-en-ciel et l'union de deux moitiés disparues depuis longtemps me rejoignent.

VIVRE

Quelqu'un peut-il nous apprendre ce qu'est la vie ?
S'agit-il d'exister au jour le jour ?
Pour se nourrir, pour dormir, pour respirer ?

Quelqu'un peut-il nous indiquer où habiter ?
Est-ce la terre, le vent, le ciel ?
Ou est-ce les tours, le palais, les étoiles ?

Quelqu'un peut-il nous indiquer quand vivre ?
S'agit-il d'une jeune pousse effrontée, éblouissante et florissante ?
Ou s'agit-il d'un sage doux, expérimenté et attentif ?

Quelqu'un peut-il nous éclairer sur les raisons de vivre ?
Est-ce la fleur dans le sein et l'utérus ?
Ou s'agit-il de la mission, de la vision et de la commission ?

Quelqu'un peut-il nous montrer comment vivre ?
S'agit-il de choisir, de rêver, d'agir ?
Ou de rire, d'aimer, de savourer ?

Est-ce que quelqu'un peut vraiment comprendre
Quoi, où, quand, pourquoi et comment vivre ?
Ou bien est-ce tout, tout simplement ? Vivre.

LA PERSONNE QUE J'AIME

Celui que j'aime
Est une tour,
En position
Et le statut.

Celui que j'aime
C'est l'air,
Toujours là
Réconforter et soigner.

Celui que j'aime
Est un aigle,
Un vol régulier vers le haut
Au milieu de toutes les tempêtes.

Celui que j'aime
Est ma tour, mon air, mon aigle,
Mon féroce protecteur,
Ma source de vie et d'aventure.

SI NOUS NE NOUS EN OCCUPONS PAS

Si vous voulez voir

La tapisserie à couper le souffle

Des teintes douces et irisées

Coulée dans le ciel à l'aube...

Si vous voulez écouter

Bien avant notre réveil

Au son de la douce sérénade des oiseaux

Nous saluant d'un beau matin...

Si vous voulez sentir

La brise fraîche comme un doux baiser,

L'étreinte chaleureuse du lever du soleil,

La caresse de l'eau qui coule doucement...

Si webut s'en préoccupe

Les innombrables cadeaux

Une pluie ininterrompue sur nous

Jour après jour après jour...

Nous réaliserons alors

Comme nous sommes spéciaux,

Quelle valeur dans les yeux

D'un Créateur aimant et attentionné.

L'ARBRE

Il est soutenu comme un homme d'État,
Rayonnant d'élégance -
Si ce n'est pas la beauté qui représente l'arbre,
Qu'est-ce que cela pourrait être d'autre ?

Dans son tronc robuste
Une histoire y est inscrite,
Une chronologie peut être consultée
Au cœur de l'arbre.

Les motifs de ses branches
Afficher une complexité stupéfiante,
La richesse de son feuillage
Il fait honte à la gloire d'une femme.

Comme des étoiles dans le ciel nocturne
Ses fleurons sont-ils en pleine floraison ?
Elle fait jaillir la source de vie
De son souffle et de son ventre.
Son silence est une force
Cela résiste à l'épreuve du temps,
Dans sa beauté, sa sagesse et sa valeur,
Qu'y a-t-il de plus sublime ?

LA PAUSE

Qu'est-ce qui fait la musique ?

S'agit-il seulement des notes ?

Les hauts et les bas,

Ou le silence entre les deux ?

Qu'est-ce qu'un conteneur ?

S'agit-il uniquement du périmètre ?

Cette structure environnante,

Ou l'espace vide à l'intérieur ?

Qu'est-ce qui fait l'univers ?

Est-ce seulement les étoiles ?

Planètes et galaxies,

Ou la vaste étendue suspendue ?

Qu'est-ce qui fait le temps ?

S'agit-il seulement des secondes ?

Heures, jours et mois,

Ou l'intervalle de médiation ?

Qu'est-ce qui fait la vie ?

S'agit-il toujours d'un mouvement,

Se produire, atteindre, réaliser,

Ou les moments de silence où l'on ne poursuit rien ?

JE RESTE AVEC TOI

Je reste avec toi
Sous la pluie,
Pour sécher votre douleur,
Pour être votre arc-en-ciel.

Je reste avec toi
Lorsque vous êtes confus,
Lorsque les lumières se diffusent,
Je vais vous aider à vous concentrer.

Je reste avec toi
En cas de doute,
Quand les peurs paralysent,
Je serai votre antidote.

Je reste avec toi
Au plus fort de la fièvre,
Chaque fois que vous frissonnez,
Mes bras couvriront.
Lorsque vous avez le cafard,
Quand tous sont perdus et partis,
Lorsque vous n'en avez plus,
Je reste avec vous.

DÉCÉDÉ

Après une longue journée de travail
Dans votre élégant bureau aux murs de verre,
Démêler l'écheveau des relations humaines,
Maintenir la santé fiscale des entreprises,
Vous arrivez tard dans la nuit,
Dans le manoir que vous avez durement gagné,
Poser sa tête usée
Dans votre lit king size,
Comme le bavardage incessant de vos collègues
Hante toujours vos rêves.

Le travail est la vie, et la vie, le travail,
Les jours se transforment rapidement en décennies,
Voler la vitalité du corps,
Et peu importe combien vous avez gagné,
Ou quelle sagesse insondable vous avez apprise, Un jour, il faut faire face à la fin,
Pour reposer votre tête usée une fois de plus.
De toutes les réalisations et de tous les biens
Vous avez passé toute votre vie à gagner de l'argent,
Sur votre lit de mort, que pouvez-vous apporter ?

ACHEVEMENT

Le cerveau droit et le cerveau gauche
ne sont pas du tout les mêmes,
Il n'y a même pas de miroirs en fonction.

Chacun des yeux droit et gauche
Couvrir une partie de la vision
Aveugle à l'autre.

Le corps et l'âme,
Bien que divergents dans leur forme
Il faut converger pour être humain.

Pour un homme, c'est une femme,
Distinctement d'une autre dimension,
Mais il s'agit d'un achèvement unique.

TIMELESS

La notion de temps a été
Aussi vieux que le temps,
Et c'est trop pratique
Une abstraction.

Et s'il y avait vraiment
Pas de passé ni de futur ?
Seule une
Présents.

Est-il vraiment possible
C'est ce que nous faisons aujourd'hui
Peut défaire un passé,
Et réécrire l'histoire ?

La plus grande rébellion
Dans l'histoire de l'homme
Sera l'abolition
Du temps.

PASSÉ LOINTAIN

Pourquoi suis-je toujours en train de chercher

Lors d'événements récents tels que

C'était un passé lointain ?

Comme s'il était immergé dans un océan,

Toutes les voix sont étouffées,

Et tous les regards s'éteignent.

Pourquoi n'y a-t-il pas d'attachement

Aux souvenirs précieux

J'ai délicatement compilé ?

Comme s'il n'y avait pas de passé, de présent,

Ou l'avenir, tout s'effondre

A ce que l'on peut désormais ressentir et voir.

TENIR

Voici le Seigneur tout-puissant,

De sa demeure céleste -

Lorsque nous estimons être seuls,

Il voit nos actes,

Et entend nos appels.

Voici le Seigneur des armées,

Qui rallie son armée -

Quand nous pensions avoir perdu,

Il mène nos batailles en silence,

Et gagne nos guerres discrètement.

Voici le Roi des rois,

Le propriétaire de tout -

Lorsque nous semblons ne rien avoir,

Il ouvre des portes, des rivières et des fins,

Pour nous accorder des bénédictions inattendues.

LE VOID

La matière est tout ce qui
Cela occupe
Espace, et à d'autres,
Tout ce qui compte.

Mais dans l'espace,
Il existe des lieux
Où la matière
Cela n'a pas d'importance.

À la recherche de choses,
Une constatation importante
Est parfois manquante,
Et ce n'est rien.

Le vide, le vide,
L'espace sans matière,
Le début, la fin,
De toutes les possibilités.

LES RIDES

La vie est une belle aventure
Des promenades et des voyages passionnants
Vers l'inconnu d'autrefois.

Vers des mers et des vallées inconnues,
Montagnes et océans,
Créatures et cultures.

À des montagnes russes d'émotions,
Sommet des hauteurs exaltantes,
Et le creux des dépressions qui se relâchent.

L'émergence de l'ancienne
Par la connaissance et l'expérience,
Rouler, sentir et passer.

LE PETIT OISEAU

Au-dessus des murs,
Le petit oiseau vole
Parmi les branches.

Chanter gaiement
Dans le chœur de l'aube
Parmi d'autres petits oiseaux.

Savourer l'instant présent,
Obnubilé par toute exigence
Pour se nourrir.

Je suis toi, petit oiseau,
Inconnu, mais sans cage,
Satisfait de son don pour le chant.

CLOUDS

Maman, quand il pleut à verse,
Les nuages pleurent-ils ?
Alors qu'ils n'ont pas d'ailes,
Comment peuvent-ils voler ?

Maman, quel est le goût des nuages ?
Sont-ils sucrés ?
S'agit-il de véritables barbes à papa ?
Vous aimez les cadeaux qui dérivent ?

Maman, y a-t-il vraiment des châteaux ?
Au-dessus des nuages ?
Pouvez-vous m'y emmener ?
Quand j'ai peur de la foule ?

PAPILLON

Qui connaît le voyage
Vous avez voyagé péniblement,
De la chenille ankylosée
Il dévore les feuilles et les fleurs.

Qui connaît la solitude
Vous avez fait preuve de courage,
Enveloppé dans votre cocon,
Ne pas savoir quand on renaîtra.

Aujourd'hui, un beau papillon majestueux,
Qui vous jette un coup d'œil en passant,
Se tenir debout, voler librement et haut,
Surmonter les épreuves obligatoires de la vie.

NOTRE UNIVERS

Il existe un univers
Où toi et moi
Marcher main dans la main
Insouciant et sans entrave...

Au bord de la mer,
Avec les vagues de la mer
Embrasser nos semelles
Et apaiser nos âmes.

Dans un jardin serein,
Avec des fleurs épanouies
Tapisser nos chemins
Et nous réchauffe le cœur.

Autour de notre doux foyer,
Avec les rires de nos filles
Remplir les murs et les couloirs,
Comme une musique à nos oreilles.
Jusqu'à la fin de nos jours,
Avec nos souvenirs affectueux,
Comme le coucher de soleil de notre vie,
Elle brille encore dans nos esprits.

TU ME MANQUES

Tu me manques
Comme la façon dont la serrure
Manque sa clé,
Chaque fois qu'il est fermé.

Tu me manques
Comme la façon dont ils
Manque son yang,
Dans le cercle de la vie.

Tu me manques
Comme la colombe
Manque le vent,
Pendant qu'il vole.

Tu me manques
Comme la façon dont le corps
Son âme lui manque,
L'essence de son être.

APART

Parfois, les gens et les choses
Qui sont faits l'un pour l'autre
Ils sont conçus pour être séparés.

Comme les pieds d'une table,
Ou les pieds d'une chaise,
Comme les piliers du Parthénon.

Tout rapprochement est voué à l'échec
L'ensemble de la structure,
Plus fort quand il est plus éloigné.

Ils doivent être séparés
Être un élément essentiel
D'un but plus grand.

FAIRE L'AMOUR

Quelle plus grande magie y a-t-il
Que la fusion de deux âmes ?
Quand même les battements de leur cœur
Pound en symphonie,
Pour une danse ardente
Qui peut ébranler les fondations
De la sobriété et de la société.

Quelle plus grande beauté est représentée
Dans l'union des contraires,
Dans la juxtaposition
De la lumière et de l'obscurité,
Des faibles et des forts,
Du yin et du yang,
De lignes et de chansons.
Quelle plus grande bénédiction peut être atteinte
Au summum du plaisir,
Autrefois, un souffle puissant
a été libérée,
Et la sérénité règne,
Envelopper l'unité
Dans la chaude flamme de l'amour
D'où tout a commencé et ne s'arrête jamais.

CONVICTION

Chaque nuit, dans les étoiles, je murmure un appel,

Quand je trace ton visage dans le vide moucheté,

Que tu sois là, mon amour, pour dîner avec moi,

Le festin jadis inavoué est aujourd'hui très apprécié ;

Se délecter de tes baisers plus que du vin,

Enthousiasmé par la légèreté de votre toucher,

Et dans ton regard, comme les constellations brillent !

Aucun autre spectacle sur terre ne me réjouit autant.

Mais nous, mon amour, nous sommes prisonniers du destin,

Chastement pour un joug et une barrière à vie,

Avec des murs hauts comme le ciel, imperméables aux flots de l'amour, ce qui est scellé et uni ne peut être séparé.   Ainsi, chaque nuit, les étoiles entendront mon cri

Car je ne laisserai jamais mourir notre amour.

ENDOMMAGÉ

Vous m'avez mis en garde -
Que vous êtes endommagé,
Cicatrice et effrayée.

J'ai été très satisfait -
Si vous aviez été entiers,
Il n'y aurait plus d'espace.

Je vous préviens aussi -
Moi aussi, je suis abîmé,
Défaillant et effrayé.

C'est tout simplement merveilleux -
Comment nos bords déchiquetés s'accordent
Pour former un cœur entier.

LÂCHER PRISE

Je t'aime
Avec un amour
Ce n'est jamais le cas.

Votre sourire
Ce sera mon sourire,
Cependant, cela peut faire mal.

Votre décision
C'est ma législation,
Définitif et irrévocable.

Je t'aime tellement
Pour te laisser partir
Là où votre cœur aspire.

Une fois que vos ailes
sont fatigués,
Je jure qu'en moi
Vous aurez toujours une maison.

FIN DE SAISON

Quand vous étiez orphelin,
Je t'ai pris dans mes bras,
Parce que tu avais besoin d'une mère,
Et a discrètement pavé votre chemin,
Poursuivre les conseils de votre père.

Je t'ai vu grandir en force et en puissance,
Il a gagné des guerres, conquis des royaumes,
Maintenant, soyez élégant sur votre trône,
Mon heure est venue,
Ma tâche est accomplie.

Quelle que soit la beauté des pétales
D'une fleur chère et charmante,
Au moment de fructifier, ils tombent.
Même le soleil se couche de manière spectaculaire,
Révéler un aperçu de l'univers.

Ma chère, ma bien-aimée,
Il est peut-être temps de lâcher la main,
Et succomber au plan céleste,
Dans un monde soigneusement calculé,
Tous les événements ont été conçus.

COMMENCEMENT

Alors que nous marchons dans l'allée,
Ta petite main tient la mienne,
Il semble que nous soyons de passage
Un point de non-retour.

Peu importe à quel point ils sont mignons et drôles
Nos jours anciens et dorés étaient,
Le destin est souvent étrange
Pour nous transformer vers le haut.

Dans le laps de temps imparti
À chaque être humain,
Chaque chapitre est un défi,
Chaque fin est un début.

Au fur et à mesure que vous passez au niveau suivant
De plus grandes responsabilités et de plus grands pouvoirs,
Ma promesse, c'est ta main dans la mienne,
Nous transcenderons ensemble toutes les épreuves.

SPLINTER

Il y a une écharde
Un coup de poignard dans le cœur,
Il s'agira d'une erreur fatale
Pour le démonter.

Il y a une écharde
Coincé dans mon œil,
Les larmes coulent comme une rivière,
Je ne peux pas lui dire adieu.

Pourquoi les règles sont-elles élaborées pour lier
Et emprisonner deux personnes à vie,
Pour un choix autrefois considéré comme juste
Par leur esprit non éclairé ?

Pourquoi deux âmes ne peuvent-elles pas être libérées ?
De l'abondage déposé par la société,
Lorsqu'ils sortent de leur prison
L'univers attend leur expansion ?

MÉMOIRE

La vie est une collection

Des images d'action stockées

Dans l'esprit.

Mais lorsque les paquets

De cellules à mémoire

Sont-elles remplies, que reste-t-il ?

Où les moments peuvent-ils

Être remémoré ? Où peut-on

Les personnes aimées ont-elles été retrouvées ?

Déconcertant, mais parfois

Le cœur est trop familier

Pour les questions atténuées dans l'esprit.

TESTS

Notre amour a fait l'objet d'un examen minutieux,
Pour prouver sa qualité irréprochable,
Pour quelque chose de bien plus digne
que l'or, le diamant ou tout autre bijou,
Confirme son authenticité,
Même si ce n'est pas intentionnel,
Avec d'autant plus de persistance.

S'agit-il d'or véritable ? Évaluer,
L'acide fera-t-il des déchets ?
Pour évaluer s'il s'agit d'un véritable amour,
Peut-il survivre à tout ce qui peut lui arriver ?
Comme le diamant, est-il pur et austère ?
Seulement si au fond de son cœur
Aucun autre amour ne peut laisser de trace.

Notre amour demeurera-t-il
L'épreuve du temps ?
Ne va-t-il pas mourir lentement ?
Mais il est encore plus sublime,
Fleurira-t-il après une tempête ?
Même dans la sécheresse, soyez forts ?
Jusqu'à présent, notre amour a surpassé tout cela.

INVISIBLE

Dans un cosmos où les images
Former les fondations
De la personnalité des gens,

Dans une société sans pitié
Où les visages sont obligés
Se démarquer pour être vu,

Je choisis d'être invisible,
Et contribuer incognito,
Depuis un espace secret et serein,

Ne connaissant pas ma disgrâce,
Handicap et privation,
C'est devenu mon super pouvoir.

POINT DE NON-RETOUR

Il y aura un moment
Quand nous avons voyagé si loin
Qu'il n'y a pas de retour en arrière possible.

Bien que le souvenir de la maison
est séduisante, nous sommes devenus
Un vagabond accueilli.

Pour certains, l'étirement
Atteint un point de séparation
Cela ne justifie aucun retour.

Pour quelques privilégiés,
C'est dans les tribulations que l'on trouve
Un lien inséparable.

AGED

De nombreuses personnes craignent les rides,

Taches de vieillesse, os fragiles,

Une mauvaise audition et une mauvaise vue...

Mais avec toi à mes côtés,

Tenant ma faible main,

Et embrasser mon front ridé...

Quand nous n'avons même pas besoin

Les mots pour comprendre

Ce que nos cœurs disent haut et fort...

Quand nous n'avons même pas

Se regarder dans les yeux

Pour voir nos âmes fusionnées...

Et quand nos baisers ont le même goût

Mieux qu'un vin vieilli,

Je ne crains pas notre vieillissement, mais je le souhaite ardemment.

GLOIRE DE L'AMOUR

Dans un monde plutôt dur,
Là où les émotions les plus tendres
Sont-elles écrasées ou atténuées...

Lorsque la préoccupation dominante
Jour après jour, c'est du vent
Survie et préservation...

Là où les normes sociétales rigides
Créer une détention d'âmes,
Une longue attente de libération...

Les anges observent attentivement.
Si un amour à peine éclos
Dans les circonstances les plus difficiles...

Peut entretenir sa magie ardente,
Supporter avec ferveur toutes les souffrances,
Et émerger dans une gloire éblouissante.

CHIRON

Il les touche, eux, les faibles ;

Il regarde leur angoisse et ressent leur douleur ; il y met son cœur, son âme et son intelligence,

Et leur redonne de la vigueur, une fois malades.

Malgré le danger auquel il est confronté,

Dans chaque contagion qu'il rencontre avec audace,

Dans l'insomnie, l'épuisement et le sacrifice,

Sa fidélité rayonne dans chaque vie qu'il touche.

Les vies retrouvées sont ses plus grands trésors,

Il ne s'agit pas de salaires, de richesses ou de célébrité,

Pourtant, personne ne connaît la maladie qu'il endure,

Le guérisseur blessé risque de ne jamais s'en remettre.

ÉTRANGER

C'est étrange, mais c'est parfois le cas,

Nous tombons amoureux de quelqu'un

Nous pensions savoir...

Pourtant, le temps qui passe

Révéler un monde entièrement

Entité différente.

Étranger, quand quelqu'un

En reconnaît un autre,

Juste rencontré...

Comme s'ils se connaissaient

Pendant plusieurs vies,

Inséparables en toutes circonstances.

LA CORONA

Il s'agit d'un simple ARN enveloppé de protéines,

Une œuvre d'art exquise, comme une couronne,

Cela a coûté des millions de vies humaines.

Soudain, les rues sont presque vides,

L'air est pur, les pauvres sont nourris,

Les sièges de la richesse et du pouvoir sont remplis d'effroi.

Ce à quoi les socialistes se sont efforcés pendant des siècles,

La corona a fait dans les semaines -

Une libre circulation des richesses et de l'équité pour l'air.

Enfermés chez eux,

Les familles autrefois fragmentées sont réunies,

Et les gens ont le temps et la passion de prier.

Comme des lettres, des mots, des cryptages,

Tous les ADN et ARN sont des codes -

La Corona peut-être un message…

De la vie à l'homme,

Lorsque nous avons appris à comprendre en profondeur,

Elle cessera son travail et rentrera chez elle.

LE NOUVEAU JARDIN

Là où la magie commence
Au bout de l'arc-en-ciel,
Le nouveau jardin fleurit.

Le paon géant
Accueille un lilliputien
En haut des escaliers de jade.

Fleurs en cascade
Et deux énormes papillons gardent
Une partie d'échecs cachée.

L'ours colossal
Offre son étreinte réconfortante
Après une traînée de cœurs.

Noyé dans la douceur,
Les bonbons de Candyland
Écho des affections.

Un coin de paradis
Un don à la terre affligée ;
La beauté guérit.

CULMINATION

Il semble qu'il y a des lustres qu'il a commencé

Labourer le sol et planter des graines,

Jour après jour, dans une patience aimante,

Il a arrosé ses plantes et arraché les mauvaises herbes. Sans compter les jours où ses plantes ont fructifié

Et l'a comblé de bénédictions en abondance.

Il semble qu'il y a des lustres qu'il a commencé

Labourer l'esprit et planter des connaissances,

Jour après jour, dans une persévérance ardue,

Il a fait ses devoirs, s'est conformé aux exigences. Trop occupés pour s'apercevoir de l'imminence de la réalisation,

Il marche pour annoncer sa glorieuse remise de diplômes.

Il semble qu'il y a des lustres qu'il a commencé

Elle a cultivé son cœur et planté des chansons d'amour,

Jour après jour, dans une tolérance bienveillante,

Il nourrit la passion de ses émotions fragiles.

Les mois passent comme des jours, les semaines comme des secondes, jusqu'à ce que, lui tenant la main, elle lui promette sa dévotion.

SANS FIN

Au début
C'était le look,
Et le regard était plein d'amour,
Et le regard, c'était l'amour...

Et puis, un sourire,
Un mot, une poignée de main,
Un message, une conversation,
Un lien, une relation ...

Une union qui s'étire,
Obstacles, entraves,
Interdictions, persécutions,
Une séparation prolongée ...

Ponts, réseaux,
Papillons, arcs-en-ciel,
Des vies, mais un seul amour
Il dure et ne s'arrête jamais.

A propos de l'auteur

Rhodesia

Rhodesia écrit des poèmes depuis l'âge de trois ans et a été saluée comme le plus jeune auteur des Philippines à l'âge de neuf ans, après avoir compilé une anthologie de poèmes. Son travail d'écriture s'est interrompu lorsqu'elle s'est concentrée sur les tâches cliniques, académiques et administratives en tant que médecin.

Actuellement mère dévouée de deux enfants, elle a ravivé son amour pour l'écriture.

Il s'agit d'une œuvre de fiction. Les noms, personnages, entreprises, lieux, événements et incidents sont soit le fruit de l'imagination de l'auteur, soit utilisés de manière fictive. Toute ressemblance avec des personnes réelles, vivantes ou décédées, ou avec des événements réels est purement fortuite.

www.ingramcontent.com/pod-product-compliance
Lightning Source LLC
La Vergne TN
LVHW041532070526
838199LV00046B/1636